AF142113

# La dame oiselle

Michèle DANIEL CAPRA

# *La dame oiselle*

© 2022, Michèle DANIEL CAPRA
Édition : BoD - Books on Demand,
12/14 rond-point des Champs-Elysées
75008  PARIS
Impression : BoD - Books on Demand,
Norderstedt, Allemagne

ISBN : 9782322409808
Dépôt légal : Janvier 2022

« Oui, je suis le rêveur. Je suis le camarade
  Des petites fleurs d'or du mur qui se
  dégrade
  Et l'interlocuteur des arbres et du vent.
  Tout cela me connaît,voyez-vous. J'ai
  souvent
  En mai, quand de parfums les branches sont
  gonflées,
  Des conversations avec les giroflées.
  Je reçois des conseils du lierre et du bleuet…
  ……………………………………………
Et le frais papillon, libertin de l'azur,
Qui chiffonne gaîment une fleur demi-nue,
Si je viens à passer dans l'ombre, continue,
Et, si la fleur se veut cacher dans le gazon,
Il lui dit : Es-tu bête ! Il est de la maison.»


Victor HUGO
Les Contemplations ( Premier Livre XXVII)

# *1*

**E**n ce printemps précoce, moi, Zébuline, je déboule dans un foyer chaotique. Quand les bigotes vêtues de noir se penchent sur mon berceau, elles restent bouche bée ! Avec ma jolie frimousse, moi, le numéro huit, je ne ressemble à aucun des membres de ma famille.

Que vais-je devenir dans ce logis envahi par les chiures de mouche, les toiles d'araignée, les excréments de souris ?

Mon accouchement à peine terminé, mes géniteurs s'écharpent comme des chiffonniers. Mes sept frères et sœurs -tous aussi malpropres les uns que les autres- se bagarrent au milieu d'un champ de détritus.

La coutume veut que le nouveau-né reçoive un chaton : Catchou, le chat noir qui m'escortera pendant mon séjour terrestre, se réfugie sous mon lit.

Dès mon plus jeune âge, affublée de haillons rapiécés, je me déplace courbée, joue dans la boue, rentre crottée dans le taudis. Ressembler à une souillon, mentir comme une arracheuse de dents, jurer à l'instar d'une charretière, m'empiffrer, roter, péter ne présentent plus de secrets pour moi : je me sens aussi moche que méchante !

Ma fratrie m'apprend à poser des pièges. N'éprouvant nul plaisir à maltraiter les bêtes sans défense, je contemple les fourmis et leurs avancées fastidieuses, les lézards sur les pierres torrides, les papillons dans le ciel euphorique. Si je rencontre un chat assis sur son arrière-train, je lui tape un brin de causette. Fière de ma réputation de moufflette cracra, je ramasse par terre les bonbons sans papier que j'engloutis en une seule bouchée. Rien n'échappe à mon œil aiguisé surtout pas les chewing-gums au sol.

Sous peine de cuisantes punitions, avec mes frères et sœurs, je dois m'amuser à l'extérieur : interdit de courir, de rire, de chahuter dans la maison. Ces règles inflexibles rougissent mon corps, noircissent mon âme, obscurcissent mes pensées.

Me voilà parvenue à l'aube de mes quatre ans. Cet été-là, je pars en Provence : avec mon grand-père, je prends le train où je rencontre des inconnus aux drôles d'habitudes. Quand un couple âgé mange avec fourchettes et couteaux sur une nappe à carreaux rouges dépliée sur leurs genoux, je n'en crois pas mes yeux de petite fille. Comme personne ne crie à tue-tête dans ce lieu feutré, bercée par le roulis, j'arrive à destination.

Mes vacances chaleureuses se déroulent de manière insolite : pas de hurlements, de courses-poursuites, d'éclats de voix toute la sainte journée. La villa simple, la campagne verdoyante, la cabane au fond du jardin, les ancêtres bienveillants, le ruisselet bordé de roseaux, les lapins dans leurs cages, le vieux figuier, le jeune cerisier, la balançoire en bois, les champs de pêchers, les vignes à perte de vue : ces découvertes me désorientent.

En me civilisant, je deviens propre, polie, affectueuse.

Dans une bassine posée à même le sol, j'éclabousse mon entourage quand l'eau ruisselle sur mon jeune corps poussiéreux.

Je salue les voisines venant à la rencontre de la petite sauvageonne.

Je dépose les armes sur les genoux de mon aimable grand-père.

Dés mon retour dans le gourbi familier avec le terroir ensoleillé dans mes bagages, je me change en une authentique fée du logis : je passe le balai, ramasse la poussière accumulée sous les lits, lessive la cuisine, range le linge, astique les cuivres, cire les chaussures. Tiraillée entre mes origines et mes récentes envies de propreté, je subis une irréversible mutation.

Un an plus tard, un dernier petit frère voit le jour dans cette tribu qui compte maintenant neuf enfants !

On me confie aussitôt la responsabilité de Zéphyrin, le blondinet fragile. Déposé près de sa couche, le minet Kalin arbore un chatoyant pelage gris-bleu.

Avec Catchou, Zéphyrin, Kalin et moi-même, nous formons le club des quatre.

Laissant flotter sans réserve mon imagination, j'invente des jeux saugrenus.

Moi, la cadette, je file comme une dératée en transportant le benjamin dans sa poussette, instaure des concours de grimaces pour la plus grande joie du pitchoun aux subits accès de nostalgie, me mouche dans un large tissu devant le petit pris de hoquets : plus drôle que d'utiliser le doigt appuyé sur la narine et en plus interdit ! Déguisée en fée, je parade dans ma robe fluide, ma capeline aux fleurs multicolores, mes talons hauts, mes bijoux scintillants. En face de ma baguette magique, l'enfant aux yeux enfoncés dans les orbites rit de bon cœur : à longueur de journée, je lui concocte un festival de trouvailles !

Le temps poursuit sa route et à mon grand désespoir, je franchis le cap des sept ans, le fameux âge de raison : déroutante perspective !

Alors quand la maisonnée dort à poings fermés, telle une squaw, emmitouflée dans une cape, je rejoins la terrasse. L'obscurité étend son manteau, les oiseaux diurnes se taisent, les adultes se mettent sur pose. Dans l'univers apaisé, un souffle de vent caresse mes cheveux.
Telle une sorcière arrivée d'une contrée lointaine, mon chat perché sur mes épaules, je chevauche un balai fatigué.

En scrutant les ténèbres, mon regard rencontre un rapace aux yeux ronds comme des billes. Je m'extasie devant ce drôle d'animal posé sur une gouttière : curieuse, je m'avance à pas feutrés mais l'oiseau effrayé s'échappe. Déçue, je cherche à l'attraper et à cet instant précis, ma vie bascule dans une autre dimension.

Je me penche dans le vide et en chutant, mon corps de plomb devient aussi léger qu'une plume. Par réflexe, j'ouvre mes ailes-bras : oh ! Miracle, je décolle ! Prenant de la hauteur, je vole puis retombe sur le toit. Un rêve éveillé ? Une hallucination ?

Tous les soirs, je renouvelle l'expérience : peu à peu, je plane au-dessus du monde des mortels aussi longtemps que je le souhaite.

Si seulement je pouvais m'envoler le jour ! Je me rendrais dans le jardin public le dimanche, journée insipide par définition. J'observerais le manège des enfants sages, les mémés tricoteuses, le marchand de glaces, les mères en plein papotage. Rapide comme l'éclair, j'amorcerais un piqué vers ce monde merveilleux pour un numéro réglé comme du papier à musique.

Je tirerais les cheveux des chères têtes blondes, détricoterais les ouvrages des grands-mères, asticoterais les mamans, plongerais mes doigts crades dans le bac à glaces. Inondé par un déluge de cris, de pleurs, d'injures, le parc deviendrait une foire d'empoigne : déjà haut dans le ciel, je m'éloignerais en riant à gorge déployée.

J'abandonne cet égarement irréaliste et je reste incognito.

En une seule nuit, je viens d'acquérir une maturité incroyable : personne ne doit connaître mon secret. Cette particularité représente un gage d'autonomie même si je ne sais pas comment l'utiliser : je me sens si jeune dans ce bas monde !

Dans mes prières du soir, je remercie Dieu de me donner ce don extraordinaire qui me permet de m'évader de ma vie ténébreuse.

Catchou, l'immuable complice qui ne me quitte pas d'une semelle, participe à mes délires nocturnes.

Vivement que Zéphyrin et Kalin grandissent ! J'ai hâte qu'ils nous accompagnent.

# 2

Avec ses plats encrassés, ses assiettes empilées, ses herbes aromatiques flétries, sa table encombrée, la cuisine se transforme en laboratoire depuis l'arrivée sur terre de Zéphyrin. Telle une chercheuse appliquée, je m'ingénie pendant des heures à combiner les saveurs.

A chaque repas, je distrais le benjamin qui n'éprouve aucun appétit malgré son incroyable vivacité. Les deux minets dans les pattes, je reste à côté de lui pour qu'en riant, il ouvre sa bouche hermétique. En fixant les crêpes qui sautent dans une poêle rouillée, le gringalet aux yeux pétillants applaudit à tout rompre sans en goûter une.

Au bout de trois printemps de ce régime de vaches maigres, l'état de santé du petit frère se détériore.

Un matin du mois de Février, le loupiot frigorifié, blanc comme un linge, part à l'hôpital pour ne pas en revenir. Suspendue comme à un fil, sa courte vie d'enfant bascule dans le néant : le pauvre, il ne sait pas encore voler !!! Le jour même, son chat bleu-gris s'échappe comme un voleur qui ne sera jamais rattrapé.

Terminé nos rêves d'envol pour le club des quatre !

Une chape de plomb s'abat sur moi : redevenue la benjamine, ivre de colère, je prends mes jambes à mon cou à la nuit tombée vers la forêt avoisinante. Hurlant à pleins poumons, trébuchant sur un buisson d'orties, je gémis sous les piqûres de rage.

L'existence reprenant son cours, je déambule avec mon compagnon ronronnant sur mon cœur estropié.

Ayant perdu mon plus fidèle allié, je supporte mal la discipline de fer de ce foyer bizarre. Aussi, quand le martinet narquois se pavane dans le corridor, je l'épluche lanière par lanière jusqu'à ce qu'il ressemble à un poireau desséché, ce qui me vaudra une sacrée dérouillée.

Avec Catchou affecté lui aussi par la disparition de Zéphyrin et de Kalin, je redémarre mes aventures nocturnes. En survolant la ville au crépuscule, nous piquons le derrière des chiens au cours de leur promenade, bavons sur les amoureux se bécotant sur les bancs publics, renversons les cannes des bourgeois...

Quelques mois plus tard, la fantaisie arrive en bout de course. Suite à la rupture du récent barrage surplombant leur vallée fertile, mes grands-parents se retrouvent ensevelis dans des linceuls de boue au milieu de quatre cent vingt autres victimes !

Incrédule, je me cloître dans le silence. Une ambiance sinistre règne dans le taudis familial : les huit enfants restants s'ébattent sans piper mot, longent les murs, écoutent voler les mouches pendant les repas.

Un règlement paramilitaire régente le quotidien de l'insouciance.
A la moindre erreur, au plus petit écart de conduite, à chaque désobéissance, pour nous remettre dans le droit chemin, nous subissons selon l'humeur l'enfermement dans un placard, des décoctions pestilentielles à avaler, les sévices comme des volées de bois vert, des explications interminables sur les raisons de nos maladresses enfantines...

Engluée dans une souffrance inaudible, la mère ferme les yeux et se bouche les oreilles devant l'enfance maltraitée.

Face à ces séances de dressage pas piquées des hannetons, moi, la petiote, je deviens transparente.

Si la vie retrouve un semblant de normalité, mon corps se manifeste comme un piano désaccordé : il chuinte, craque, grince…A cette époque, telles des excroissances étrangères, je ressens des désirs incongrus : la tentation d'être aussi lisse qu'une mer calme, le rejet des mots grossiers écorchant mes chastes oreilles, des bouffées de tendresse me montant à la gorge, une addiction à la propreté. Me prenant pour Cendrillon, je frotte le parquet noirci par la suie, vide les cendres de la cheminée, ramasse le linge sale, lave la vaisselle traînant depuis des lustres, pourchasse les souris...

Malgré l'attachement à mon clan, moi, Zébuline, je grandis comme une demoiselle : comme si je sortais de ma coquille, je mets sous mes guenilles des robes bleutées comme un ciel d'été, enfile des collants de couleur, me vaporise d'une essence soutenue, entonne des refrains à tout va, siffle tel un merle, danse à tout propos, marche en me dandinant, sourit sans raison…

Raffolant des histoires de princesses, de châteaux, de fées, je dévore tous les livres de contes qui passent devant moi.

Je m'évade la nuit sur mon balai magique avec mon fidèle chat noir.

Des mauvaises langues prétendent «que j'ai un hanneton dans le placard» ce qui se traduit par *jobastre*.
Moi, je me sens plutôt cygne au milieu d'une portée de canards !

Je me confine mais ne peux échapper aux corrections qui s'abattent sur la brebis égarée à ramener dans le rang !
Tel un saule qui plie mais ne rompt pas, je serre les dents et fais le dos rond. En abandonnant sur le bord du chemin mes certitudes et ma fantaisie, je me change en une adolescente timide, souvent dans la lune. En cachette, quand la mélancolie me colle à la peau, je m'accorde le droit de laver mes yeux.
Pour tromper l'ennemi, je mets au point une stratégie d'une efficacité redoutable : les yeux baissés, je garde un mutisme respectueux.
Pendant une bonne dizaine d'années, je ronge mon frein.

Rassurés par ma passivité, mes géniteurs pensent que mon éducation se termine : ils me connaissent mal !
Sous mon regard métallique inexpressif et mon extrême docilité se cache en fait une volonté sans faille.

Selon Laurence d'Arabie :
«Ceux qui rêvent le jour sont des individus dangereux car ils peuvent agir les yeux ouverts afin de rendre possible leur rêve.»

Il se trouve que même silencieuse et soumise, moi, la plus jeune, la plus craintive, la plus inexpérimentée, je possède quelques rêves bien planqués de derrière les fagots.

## 3

Face à la terreur qui serre ma vie dans un étau, je décide de m'évaporer dans l'espace.

Mes joyaux, mes habits, mes mocassins dorés, mon canif, ma boîte d'allumettes, mon grimoire : voilà le contenu de mon balluchon le mois de mes dix-huit ans, âge où je m'émancipe. Je rajoute mon chaudron -celui si reluisant qu'on peut se mirer dedans- et mon balai en chêne sans oublier mon chat noir.

Quel moment choisir ? Au cours d'un rêve prémonitoire au pays des ancêtres disparus, je rencontre mon grand-père voletant dans l'air. Au-dessus de la bourgade endormie, nous ondulons un long moment hors du temps. Le vieil homme me dit au-revoir en me suivant de ses yeux rieurs puis s'évanouit dans le firmament.

Je choisis la fin de cette journée pour entamer mon aller sans retour. Sans bruit, je mets ma tenue bleue, ma coiffe, mes souliers de la même couleur, mes bijoux, mon parfum aux essences d'amande et de mimosa. J'astique une dernière fois mon impatient balai frémissant.

Au soleil couchant, je prends mon essor. Catchou, calé sur mon dos, en prend plein les mirettes, se saoule d'air pur, s'assoupit de bonheur...Les oiseaux arrêtent de pépier, le vent de bruisser, les insectes de gratter, les ruisseaux de murmurer. Dame Nature retient son souffle devant cette apparition bleutée filant à vive allure. Sans regarder le passé, je largue les amarres. Dans l'azur printanier, j'entame un périple semé d'embûches mais avec la passion chevillée au corps.

Selon Charles Péguy :
«...Ce qui m'étonne, dit Dieu, c'est l'espérance. Et je n'en reviens pas. Cette petite espérance qui n'a l'air de rien du tout, cette petite fille espérance immortelle...»

Au fur et à mesure que je m'éloigne, le ciel s'éclaircit, l'atmosphère s'allège, le soleil monte au zénith.

Blotti contre moi, mon minet ronronne tandis que dorénavant, je pourfends l'univers de jour comme de nuit.

Quelques heures après, je survole la contrée de mes défunts : invisibles, leurs fantômes me frôlent, glissent, tatouent sur mon enveloppe terrestre leurs empreintes impérissables.

Je grimpe, dégringole jusqu'à plus soif, exécute des boucles, des accélérations, des descentes avec le chat accroché à mes menues épaules. Je joue les filles de l'air en abandonnant sous moi des ruisselets argentés, des silhouettes agitées, des vaches placides, des forêts sages comme des images. Quand des constructions hautaines, des fumées menaçantes, des véhicules turbulents apparaissent, je fausse compagnie à ce monde hostile.

En m'élevant, je côtoie une mer de nuages aux formes aussi cocasses que surprenantes : le silence absolu, du blanc à perte de vue, une paix démesurée ! Dans cet immaculé éternel, je m'attends à rencontrer des anges, des archanges, des saints, Dieu peut-être. Rassurée, je m'attarde dans cet univers ouaté.

Après quelques semaines dans cette mousse de béatitude, le temps se gâte. Des éclairs zèbrent le ciel noirci, le tonnerre grogne au loin, mon compagnon me laboure le dos.

Découvrant une caverne en haut d'une montagne enneigée, je m'y réfugie.

Quand la pluie a nettoyé le monde, je reprends mon périple. Je plane au-dessus de montagnes, de rivières, de lacs, de châteaux entourés de jardins impeccables. Sur le parcours de ces bâtisses royales au charme désuet, j'imagine la vie des seigneurs. Dans cette région où le temps s'immobilise, je repère un large cours d'eau. Je longe pendant des jours ce fleuve insouciant jusqu'à une immensité aux reflets miroitants. Flânant au-dessus de cette mer prodigieuse, je rejoins la terre ferme.

Dans les falaises abruptes de la côte, je distingue des abris creusés dans la roche : pendant quelques semaines, ces grottes pourraient-elles offrir l'hospitalité à l'intrépide voyageuse que je suis devenue ?

# 4

**A**vec Catchou, ravi de partager mes turbulentes odyssées, moi, Zébuline, je m'abrite dans cette demeure troglodytique.

Au son des mouettes stridentes, le grand large me lance un matin un appel impérieux : je reprends mon envol sur mon engin volant pour rejoindre une plage illimitée. En s'affalant sur le sable fin avec une joie sans retenue au milieu d'une écume blanchâtre, la mer s'éclate comme une petite folle. Hypnotisée, j'attends le crépuscule.

Mes yeux captent l'infinité bleutée, mes narines se remplissent de parfums iodés, mon corps se chauffe aux rayons de l'astre brillant. Apaisée par le roulement des vagues, je tombe dans les bras de Morphée. Au réveil, face à l'horizon, je décide de mettre le vaste océan entre moi et ma vie passée.

Me voilà repartie en direction d'un continent bien au-delà des flots déchaînés. Tel un oiseau, je tourbillonne pendant des semaines, tutoie les nuages qui se dissipent comme des ballons éphémères, hume la liberté, suit le ballet des dauphins, perçoit la musique des baleines.

Un jour, dressés sur des embarcations filiformes, des hommes vigoureux ramènent des filets débordant de poissons. Sur la rive, repérant le sable intarissable, le soleil dévorant, les buissons tristes, les pistes grisâtres, les arbres au tronc obèse, j'éprouve une sensation de déjà vu ! Me lançant à la découverte de cette étrange terre asséchée, je parcours des kilomètres sans rencontrer âme qui vive.

Un matin, avant que la température ne devienne étouffante, je distingue des tâches rondes regroupées autour d'une placette sur laquelle trône un arbre aux branches retournées comme des racines.

Pourquoi ce village abrité derrière une rangée de branchages me semble-t-il familier ? Une de mes lointaines ancêtres a peut-être foulé ce sol aride !

Prudente, je me cache jusqu'à la tombée de la nuit : quand des galopins se chamaillent dans la poussière, je prends mon courage à deux mains pour me rapprocher en douceur. Lorsque j'atterris, les habitants stupéfaits voient surgir une extraterrestre et un inquiétant félin miniature.

Dérouté, le rebouteux de ce bourg perdu au bout du monde s'avance, me tourne autour, me détaille, éclate de rire : une dame oiselle s'offre à sa vue ! S'ensuit un branle-bas de combat.

Les enfants s'exclament, les mères avec leurs nourrissons emmaillotés dans des tissus bariolés chaloupent vers moi. De leurs mains d'ébène couvertes de bijoux, elles me tâtent de la tête aux pieds : mon animal, quant à lui, se dévisage de loin.

Je me laisse palper : très vite, mon sourire, mes yeux pétillants, ma bonhommie, conquièrent la communauté qui croit reconnaître une sorcière sans les articulations noueuses, les rides, les seins tombants, les doigts crochus qui manquent à l'appel.

Au milieu d'une bande de drôles à peine vêtus, mon compagnon à quatre pattes se sent observé puis accepté : confiant, il s'étale de tout son long parmi les anciens qui le caressent.

Dans ma famille adoptive, j'effeuille pétale après pétale mes doutes, mes angoisses, mes inquiétudes durant plusieurs saisons.

Au rythme d'une musique lancinante s'échappant d'un cylindre en bois surmonté d'une peau de chèvre, les corvées de cuisine, d'eau, de bois règlent mes journées. Les déplacements en balancier, les rires en grelot, les danses cadencées me ramènent à un passé indéterminé : ces sons, ces couleurs, ces odeurs sont gravés quelque part dans un coin de ma mémoire. Après de nombreux essais, des récipients renversés, des fous-rires débridés, je cale la précieuse cruche d'eau sur ma tête enrubannée et défile sous les hourras. En empruntant un boubou coloré, je transporte les marmots sur mon dos. Quand j'embarque les plus grands sur mon balai magique, les acclamations trouent la torpeur de ce pays suffocant.

Un jour, lors de la perte insoutenable d'un être jeune, grâce aux lamentations entonnées par les pleureuses, je vois les chagrins s'envoler au-dessus des mamas effondrées.

Je me remémore le départ du chétif Zéphyrin, dix ans auparavant et son absence omniprésente. Les jours noirs, les nuits blanches qui ont suivi me paraissent affligeants sans les cris-chants.

Fascinée, je scrute le désenvoûtement des âmes torturées, me renseigne sur les plantes médicinales et les onguents, reste des heures durant près des guérisseurs. Sous l'arbre centenaire, moi, la presque-sorcière, je m'initie aux règlements des conflits, écoute les palabres, étudie les sentences. Des bribes de pratiques, des relents d'expériences, des savoirs anciens remontent à la surface comme si des aïeuls lointains éclairaient ma route.

Un beau matin, comme une évidence, moi, Zébuline, je ressens l'appel de mon pays d'origine.

Quand j'annonce mon départ le soir à la veillée, les petiots fondent en sanglots, les mamas essuient une larme discrète, les hommes courbent le dos…

Au rythme des tams-tams, ils entonnent une mélopée plaintive qui résonne au plus profond de la savane : médusés, les animaux sauvages se figent dans la nuit.

Le lendemain matin, comme au théâtre, chacun joue sa partition : les enfants essaient de cacher le balai magique, Catchou passe de main en main, je pleure dans les bras des mamans.

Juste avant le décollage, j'apprends de la bouche édentée du doyen que ce pays se reconnaît comme le berceau de l'humanité. Face à cette révélation, je promets de revenir dès que je perdrais foi dans le genre humain.

Quand une envoûtante ritournelle s'élève dans les airs, je leur offre un florilège d'acrobaties.

En prenant de la hauteur, moi, la dame oiselle, j'entrevois dans la brume matinale leurs silhouettes de fourmis.

L'aurore frémissante me voit passer sur mon balai flamboyant avec mon fidèle chat pelotonné contre moi.

# 5

Quand je mets le pied sur ma terre natale après six années d'absence, aucun des membres de ma tribu ne me reconnaît ! Mon corps brun doré, mes drapés, mes danses, mes fredaines, mes gazouillis avec les animaux provoquent la débandade.

Déployant mes ailes, je me mets en quête d'une contrée débonnaire. Musardant au gré des vents, je déniche une région méridionale aux arbres élancés, aux mouettes criardes, à l'océan infini : avec mon balluchon, je dépose mon chat enchanté au royaume des senteurs iodées.

Debout, j'embrasse la mer plate sur laquelle se dessinent de lointains esquifs. Au bout de ce vaste horizon se détache une ligne de démarcation entre le monde des vivants et l'au-delà des morts.

A bord d'un voilier -ce qui me semble un heureux présage !- je croise un homme paisible. Éloignée de ma lignée, je me sens solitaire sur ce nouveau territoire. Quand cet inconnu me présente son village, sa campagne, sa famille, je tombe sous le charme.

Accueillie à bras ouverts, moi, Zébuline, je me retrouve mariée en deux temps trois mouvements sur l'autel de mon inexpérience. Dans mes souvenirs, une vie économe se met en place de manière souterraine. Sans grande surprise, Frédon et Liline naissent de ces noces traditionnelles.

Leur enfance peuplée de déguisements, de loisirs, de vacances, d'anniversaires, de fêtes de Noël se déroule au milieu d'une contrée sans histoire. Catchou qui leur tient compagnie conserve toujours l'avantage au cours de parties de cache-cache. L'entourage pense :

«Tout le monde, il est beau, tout le monde, il est gentil !»

Dans notre monde effréné, une famille modèle ressemble à un phare dans la tempête.

Pourtant, à cette époque, un cauchemar ancien peuple mes nuits à intervalles réguliers : une masse écrase mon corps immobile, grossit à vue d'œil, envahit mon univers. Tétanisée, je respire avec difficulté dans l'obscurité. Au réveil, j'oublie ce mauvais rêve pour reprendre les tâches répétitives de mon foyer exemplaire.

Clouée au sol pendant une quinzaine d'années avec du plomb sous les semelles, je perds ma fantaisie légendaire, m'embourgeoise, range mon balai rutilant, me fane dans cette existence monochrome. Les préoccupations se superposent comme des mille-feuilles, les soucis financiers évoquent des tentacules aux multiples ramifications, le silence asphyxie mes soirées, les nuages noirs s'amoncellent...

En quelques années, sans m'en rendre compte, je passe du statut de femme libre à celui de femme sous influence. Avec l'obligation d'obéissance, mon prince charmant se transforme en prince omnipotent.

Prise au piège de la souricière conjugale, je cherche à m'échapper du mariage parfait basé sur le modèle «Ils se marièrent, furent heureux et eurent beaucoup d'enfants !».

L'idée d'un départ s'insinue dans les méandres de mon esprit : comme pendant mon adolescence, ces désirs de liberté m'obsèdent.

La préparation de ce projet audacieux me prend un temps incalculable : je me procure deux mini-balais, rassemble les effets de mes enfants, mets de côté le strict minimum.

Certains soirs, prise de vertige devant ma responsabilité, je me remémore mon esprit d'aventure, ma détermination, ma soif d'indépendance. Pour me décider, je guette un signe du ciel : avec sa bouille d'enfant rieur, la pleine lune entourée d'un voile cotonneux m'adresse un clin d'œil.

En catimini, avec mes petits troublés pour leur premier grand voyage, je décolle. Sans me perdre de vue, ils restent dans mon sillage. Placé sur mon dos, mon minet s'assoupit de contentement.

Libérée, je retrouve, dès le départ, les réflexes oubliés. Souriante, je reprends le cours de ma vie en gardant dans mon champ de vision mes compagnons de route.

Tous les quatre, nous arrivons à bon port dans une ville voisine au pied d'une chaîne de montagnes. Pour moi l'errante, désignée comme mère-célibataire, affublée de noms d'oiseaux aussi divers que variés, l'avenir n'évoque pas une simple promenade de santé.

Au début de l'installation, Frédon et Liline errent comme des âmes en peine. Se remémorant les danses, les chants, les jeux appris sur le continent africain, je ravive mes réflexes de farfelue pour leur arracher un bien triste sourire. Mon chat noir vole à mon secours en accumulant les taquineries sur le quotidien de notre tristesse. Je reconstruis ma couvée contre vents et marées. Toujours tirée à quatre épingles, je mets un point d'honneur à ce que mes pitchouns paraissent comme des sous neufs. Même en tirant la diable par la queue, je me débrouille pour qu'ils ne manquent de rien.

Certains soirs de pleine lune, je leur prévois une fête sur nos balais merveilleux dans le parc voisin. Mes gamins entament une course-poursuite entre les feuillus centenaires et les buissons verdoyants du jardin fermé au public. D'ordinaire envahi par des personnages au train de sénateur, des diablotins turbulents, des nourrices bavardes, il se remplit à présent des cris et jurons de mes descendants.

Pour les vacances d'été, moi, la maman, je leur fais découvrir l'océan sur nos montures ailées. Notre petite troupe volante laisse alors ses tracas quotidiens s'éloigner à tire d'aile.

Les essences soutenues des pins, l'iode tenace, les habitations en toile se rapprochent. Après avoir replié notre barda, nous nous installons dans ce joyeux fouillis au milieu d'autres familles.

Mes petiots passent des moments inoubliables : en véritables *trons de l'air*, ils ne tiennent pas en place, prennent à peine le temps de se vêtir, sont sales comme des cochons, s'amusent du matin jusqu'au soir... Les journées se déroulent dans l'eau, les soirées dans le camp, les nuits sous les étoiles. Notre compagnon à quatre pattes se mêle à la foultitude des petits tarzans à moitié nus. Quant à moi, je me roule dans l'écume de ma griserie, collectionne des coquillages dans une boîte à délices, recueille du sable fin dans une fiole à souvenirs, m'assoupis au soleil de la quiétude, construis des châteaux dans le sable de l'enfance...
Le difficile retour sur nos destriers aériens nous éloigne à regret de la forêt interminable, des plages généreuses, des dunes bedonnantes, des senteurs entêtées...

Et la vie semée d'embûches reprend ses droits. Libre de mes choix, croulant sous le poids des soucis, il m'arrive d'être accaparée par une sourde angoisse.

Quand les juniors rendent visite à leur père, je lave mes yeux aussi longtemps que nécessaire.

Isolée, oppressée, je réalise que je dois m'éloigner du prince charmant de mes désillusions.

Au cours de laborieuses recherches, je découvre les monuments de brique rose, les ponts de pierre, les pistes cyclables, les marchés typiques, les soirées tardives d'une agglomération au charme indéfinissable.

Je prends la décision de m'y exiler avec Frédon, Liline et Catchou.

# 6

Une chaîne de montagnes enneigées escorte notre avancée intrépide : en-dessous, des routes zigzagantes, des cours d'eau épuisés, des localités somnolentes.…A l'aube de mes quarante ans, une nouvelle cité me tend les bras à moi, la sorcière, à mes enfants-sorciers, à mon fidèle chat.

Dans la lumière du soleil couchant, la capitale régionale émerge dans son écrin rosé.

Le lendemain, dans notre tenue humaine, nous nous avançons à pas de loup vers cette ville si bruissante qu'elle nous métamorphose en automates somnambules. Les habitations cages à lapins, les véhicules bourdonnants, les piétons agités comme des poissons dans un bocal nous sautent au visage.

En faisant bloc tous les quatre, nous mettons plusieurs semaines à nous adapter à cet environnement si éloigné de notre région d'origine.

Peu à peu, l'agglomération se laisse apprivoiser : nous adoptons sa douceur de vivre, ses habitants au caractère affirmé, ses dimanches de rugby, sa vie estudiantine...

Moi, Zébuline, je trouve un premier logement qui me permet d'apercevoir la chaîne de montagnes ayant suivi notre déplacement : quand il fait beau, elle éclaire l'horizon mais la pluie se profile pour les jours suivants. Quel dommage !

Ne tenant pas en place, je teste plusieurs domiciles avant de dénicher un havre de paix qui me convienne. Dans ce logis remis à neuf, pour la première fois, chacun d'entre nous dispose d'un espace personnel.

Au rythme des saisons, notre vie s'écoule comme un long fleuve nonchalant.

Chaque matin que le Bon Dieu fait, je me lève à l'aube, mitonne un copieux petit-déjeuner qui doit tenir aux ventres de Frédon et Liline, les réveille en douceur, contrôle leur tenue pour qu'ils soient impeccables. De mon côté, comme j'enseigne auprès d'adolescents en difficulté, je prépare ma sacoche. Quand il réalise nos préparatifs, Catchou se camoufle pour que nous le cherchions partout : il en connaît un rayon dans ce domaine ! Nous ne pouvons partir que quand nous le débusquons. Il se frotte contre nous, nous fixe, attend que notre main le lisse à tour de rôle : difficile de l'abandonner, le bougre !

Dans la maisonnée proprette, nous menons une existence économe.

Certains dimanches, les soirées se transforment en tournée des grands-ducs dans un innocent village voisin. Nous endossons notre personnalité de sorcier sur nos montures magiques à l'insu de tous. Nous prenons très vite de l'altitude dans nos tenues noires avec les capuches rabattues sur nos visages réjouis.
Auparavant, j'ai repéré dans le bourg choisi la rue la plus mignonne, la plus tranquille, la plus riche.

Là, quand nous contemplons les pavillons endormis, les pelouses irréprochables, les nains de jardin esseulés, les piscines stériles, nous amorçons notre descente et faisons tinter en un éclair tous les carillons rencontrés. Les chiens hurlent à la mort tandis que les habitants surgissent en bonnet de nuit. Déjà très hauts dans le ciel, nous laissons éclater notre joie devant les pyjamas en pilou qui se démènent : même notre chat noir se bidonne !

Alors, nous rentrons nous endormir du sommeil du juste.

Par précaution, à chaque sortie, nous changeons de lieu.

Une question vous taraude bien-sûr : mes petits peuvent-ils à leur guise se balader dans les airs ? Pas folle, la guêpe ! En fait, moi, leur maman, je ne leur donne pas le pouvoir de voler seuls ! Car, *Méfi* ! Prudente, je veux dormir sur mes deux oreilles !

Tel un conquérant, le temps s'avance en terrain connu de lui seul.

Vint le jour où Frédon et Liline veulent leur indépendance : les escapades volantes, les après-midi crêpes, les cavalcades du minet les laissent de marbre.

Mon fils s'installe seul dans un logement et, fier comme Artaban, m'invite à déjeuner, ma fille étudie à trois cent kilomètres de là.

Pendant qu'ils apprennent la dure loi de la jungle humaine, je reprends mes virées les soirs de pleine lune dans les villes aux alentours : je parcours en long, en large et en travers cette contrée aux multiples visages.

Pour ne plus risquer de perdre mon chat-sorcier, je lui confectionne une laisse-harnais : en effet, un soir, calé sous ma pèlerine, frôlé par une hirondelle téméraire, Catchou avait déployé ses ailes-pattes avec plus de peur que de mal. Maintenant nous ne faisons plus qu'un et nos escapades réjouissantes se prolongent quand le sommeil tarde à venir.

Je randonne de nouveau dans l'arrière-pays et au-delà : un homme à l'allure fière, à la sensualité animale, au sourire énigmatique entre dans ma vie laborieuse. S'ensuit une complicité à chaque retrouvaille, des vacances itinérantes à pied et en vélo, des découvertes de régions méconnues, du camping, des voyages…Pendant des années, aveuglée par la douce illusion d'une relation fusionnelle, je ne vois pas les premières fissures de notre couple qui subit les vibrations d'un sournois tremblement de terre. Les ébauches de dialogue tournent court. Pour essayer de sauver les meubles, je ressors mon balai magique, embarque mon chat noir, part consulter un célèbre guérisseur dans les bois.

Cette rencontre déterminante me pousse à dire mes envies farfelues, à laisser s'exprimer mes souvenirs même douloureux, à parler de mes proches, de mes émotions. De manière ferme mais gentille, j'existe de nouveau.

Funeste erreur ! Une colère noire surgie du fond des âges explose dans la tête de mon compagnon. Après des années de connivence, je me retrouve jetée aux orties sans aucune forme de procès.

Alors, moi, Zébuline, en état de sidération, je pleure toutes les larmes de mon corps contre mon compagnon à quatre pattes, lové contre moi. Quand une révolte légitime m'inonde, je choisis de quitter cette province ingrate.

Je ressors mon balai tout heureux de reprendre du service, rafraîchit mon balluchon, détaille l'itinéraire à mon félin attentif.

J'étends les bras, regarde droit devant moi, me dirige vers la terre de mes ancêtres.

# 7

Le cœur en bandoulière, je vagabonde plusieurs semaines au gré de ma solitude inattendue.

Me dirigeant vers le Sud, je découvre une immense métropole, son soleil stupéfiant, ses cigales survoltées, sa luminosité aveuglante. Avec son port exubérant, ses odeurs intenses, son accent coloré, ses *gabians* tapageurs, elle évoque une ruche en pleine effervescence.

Moi, Zébuline la sorcière, à soixante cinq printemps, j'y dépose mes sombres bagages.

Vêtue d'une ample pèlerine, je plane à califourchon sur mon balai poussiéreux avec l'infatigable Catchou. Nous attendons que la nuit recouvre la ville pour rechercher notre futur logis. Un miaulement de joie troue le ciel obscurci : au sommet d'une bâtisse blanche, mon chat au regard de lynx ressent un coup de foudre pour un logement étincelant situé au septième ciel !

De retour le lendemain matin dans notre tenue de simples mortels, nous reconnaissons le nid douillet qui nous tend les bras : s'évader vers les collines bosselées ou la mer proche se révèlera enthousiasmant.

Retrouvant mon âme d'enfant, je me vivifie dans la mer accueillante, me réchauffe au cours de balades amicales, me singularise par des visites insolites de villages haut perchés. Tentée par le kayak de mer, je me transforme en indienne qui remonte face au vent !

Comme à son habitude, mon compagnon à quatre pattes dégote des tas de cachettes que je dois découvrir : ainsi est-il certain que je l'aime, le coquin !

Moi qui viens de prendre ma retraite, je lis des contes à des petits enthousiastes dans des quartiers réputés difficiles. Déguisée en sorcière, je déclenche une hilarité communicative.

J'étudie l'histoire atypique de la plus vieille cité de France, cité qui s'apparente à un organisme tentaculaire. Au rythme de ses immigrations successives, elle a agrandi son territoire, débordé de ses frontières de pierre, démoli ses derniers remparts, construit les premiers faubourgs, absorbé les collines environnantes : deux mille six cent ans après sa création, telle une mer d'huile, elle s'étale sur pas moins de cent onze quartiers !

Une nouvelle envie pointe le bout de son nez : celle de chanter à pleins poumons ce dont je ne me prive pas !

Parfois, les soirs de pleine lune, moi, l'éternelle voyageuse, j'éprouve des démangeaisons au bout de mon balai magique. Alors, je ressors ma tenue enchanteresse, cale mon chat noir sur mon dos, me dirige à fond de train vers la mer, m'extasie devant les inoubliables criques de sa côte dentelée. En planant libres comme l'air au-dessus de l'agglomération assoupie, nous savourons notre échappée clandestine.

La vie poursuit son bonhomme de chemin avec son lot de disparitions : ainsi, moi, Zébuline, à 10 ans d'intervalle, je me retrouve d'abord orpheline de père puis de mère avec mon immense fratrie disséminée dans le monde entier.

Malgré nos relations conflictuelles, nos incompréhensions, nos parcours tortueux, il me vient une furieuse envie d'entamer un travail de réconciliation de ma famille embrouillée.

Je prends la délicate décision de concocter une potion de ma composition pour changer les maux de notre enfance en poussière céleste.
Profitant des formations de mon épicerie biologique, je participe à une nouvelle session.
Autour d'un savoureux thé vert avec deux de mes amies, je choisis les ingrédients :

-des feuilles d'armoise
*Oh ! C'est que pour les bonnes femmes !*
-des feuilles séchées de passiflore
*Moi, je préfère l'aubépine !*
-des feuilles de millepertuis
*Oh ! Mais ce sont des «chasse-démons» !*
-des racines de mandragore
*Il paraît que les sorcières en s'enduisant la peau avec des onguents à base de mandragore pouvaient voler !*
-de l'harpagophyton
*C'est la «griffe du diable» ! C'est bizarre ce que tu prépares à tes frères et sœurs, tu ne vas pas les empoisonner, au moins ?*

-un élixir pour chasser la détresse avec du mélèze, du pin, de l'orme, du châtaignier, du saule, du chêne, du pommier sauvage
*T' y crois à cet élixir ? Cela me paraît plutôt un placebo !*

De retour au calme, moi, la sorcière, je récupère dans mon cagibi mon chaudron dans lequel je verse les six premiers éléments.

En me remémorant le caractère de chacun et chacune, je mets à mijoter dans le récipient en cuivre les colères, les jalousies, les rancœurs, les haines, les souffrances. Contrôlant en permanence ma mixture, j'aperçois mon félin qui inhale les volutes de fumée : me v'là rassurée !

Après des heures de cuisson, le sirop obtenu me satisfait : à force de lécher mes doigts pleins de mélasse, je me sens euphorique ! Je termine avec du chocolat noir en grande quantité : pour rassurer une tribu anxieuse, je n'y vais pas de main morte.

En fin de compte, j'obtiens une excellente pâte à tartiner -Eh ! Oui ! J'en ai plein les moustaches- entièrement biologique en plus : que demande le peuple !

Par précaution, je décide de me l'auto-administrer : le résultat est bluffant ! A chaque cuillère dégustée, une paix royale s'insinue dans chaque pore de ma peau. Alors, je n'ai plus qu'à verser le précieux remède dans les bocaux étiquetés avec les prénoms de mes nombreux frères et sœurs.

Ouf, mission accomplie pour la première étape : enchantée d'avoir achevé mon entremets réconfortant !
Un peu comme une bouteille à la mer, je profite de la fameuse *trêve des confiseurs* pour envoyer en cadeau de Noël un flacon personnalisé à chaque membre de la smala.

Oh ! Miracle ! La magie opère et chacun de me réclamer la recette.
Prise au dépourvu devant l'alchimie mystérieuse de la félicité, je me sens incapable de la leur communiquer.

Cependant, au bout du chemin, je remporte une sérénité plus qu'improbable de ma lignée. Mes talents cachés se révèlent efficaces.

Et pourtant, que de tâtonnements, de recherches infructueuses, d'essais, de temps passé, d'erreurs avant de mettre au point cette potion résiliente !

Moi, Zébuline la dame oiselle, un peu enfant sur les bords, sorcière dans les coins, poète aux entournures, je ressens un soir l'envie de coucher sur le papier mes aventures singulières.

Telle une lame de fond, je me retrouve submergée par les vagues de ma vie qui s'écrasent sur mes jours et mes nuits. Mon fidèle et bienveillant chat noir qui met ses pas dans les miens depuis mon arrivée tonitruante dans ce monde étrange soutient mes réalisations littéraires.
Catchou s'étale dans la journée sur mes feuillets gribouillés…Profitant de mes insomnies rebelles, il grattouille mes écrits dispersés…

Au bout d'un interminable tunnel, après plusieurs mois, je mets un point final à mon parchemin qui se fraie une sortie discrète vers le soleil de la création.

# *Épilogue*

«Je crois que les chats sont des esprits venus sur terre.

Un chat, j'en suis convaincu, pourrait marcher sur un nuage»

Jules VERNE.

# *Glossaire*

*Jobastre* : Personne un peu folle ( marseillais)
Page 21

*Tron de l'air* : femme active et énergique
Page 38

*Méfi !* : Attention, Gare !
Page 44

*Gabian* : Goéland (marseillais)
Page 47

*La trêve des confiseurs* : Période des fêtes de
fin d'année où l'activité politique et
diplomatique se ralentit
Page 52

«Le parler populaire de Provence»
  M.Stèque - Edisud

# *Bibliographie*

-«Sorcières —La puissance invaincue des femmes-»
Mona Cholet - Zones 2018

-«Le complexe de la sorcière»
Isabelle Sorrente – JCLattès 2020

-«Beauté fatale»
Mona Cholet -La Découverte Poche – 2015

-BD Mélusine -
Sortilèges Dupuis 1995

-«Mécompte de Fées»
Terry Pratchett – Pocket 1991

-«Trois Sœurcières»
Terry Pratchett – Pocket 1998

-«Sacrées sorcières»
Roald Dahl – Folio Junior - 1990

# Table des matières